LEKTÜREHILFE

Die Saturnischen Gedichte

Paul Verlaine

Die Saturnischen Gedichte

Paul Verlaine

Verfasst von Sophie Chetrit
Übersetzt von Gerda Fischer

DER QUERLESER

Auf derQuerleser.de findest Du:
Zahlreiche verständliche und
detaillierte Lektürehilfen in
Nullkommanichts in digitaler
Version oder als Taschenbuch.

PAUL VERLAINE

FRANZÖSISCHER DICHTER

- **Geboren 1844 in Metz**

- **Gestorben 1896 in Paris**

- **Einige seiner Werke:**

  - *Fêtes galantes* (1869), Gedichtband

  - *Romanzen ohne Worte* (1874), Gedichtband

  - *Les poètes maudits* (1884), Essay

Paul Verlaine wurde 1844 geboren und war ein Dichter aus der zweiten Hälfte des 19. Jahrhunderts. Er entstammt einer kleinbürgerlichen Familie und wurde 1844 in Metz geboren, bevor er nach Paris ging, um dort zu studieren. Dort studierte er Jura, um anschließend in einer Versicherungsgesellschaft und als Expeditionsmitarbeiter im Pariser Rathaus zu arbeiten. Im Jahr 1866 veröffentlichte er die *Poèmes Saturniens*. Drei Jahre später erschien seine zweite Sammlung *Fêtes galantes*, die an das 18. Jahrhundert von Watteau erinnert. Er heiratete 1870 Mathilde Mauté, ein Mädchen aus der gehobenen Pariser Bourgeoisie.

Nach der Belagerung von Paris und dem Aufstand der Pariser Kommune im Jahr 1871 verließ Verlaine, der Arthur Rimbaud kennengelernt hatte, seine Frau, um ihm nach England und später nach Belgien zu folgen.

Auf seinen Reisen schrieb er dann eine neue Sammlung, *Romances sans paroles (Romanzen ohne Worte)*. Die beiden Dichter führten eine leidenschaftliche Beziehung bis zu dem berühmten Abend im Juli 1873, als Verlaine seinen Geliebten erschoss und zu zwei Jahren Gefängnis verurteilt wurde, die er in Brüssel und Mons verbüßte. Danach konvertierte er zum Katholizismus und als er 1875 aus dem Gefängnis entlassen wurde, ging er für einige Zeit zurück nach England, wo er Lehrer wurde, um dann wieder in die Ardennen nach Rethel zurückzukehren, wo er sich mit einem seiner Schüler Lucien Létinois anfreundete, der 1883 starb.

Im Jahr darauf veröffentlichte Verlaine das Buch *Les poètes maudits*, in dem drei Dichter geehrt wurden: Tristan Corbière, Arthur Rimbaud und Stéphane Mallarmé. Sein Ruhm wuchs und er wurde zum „Dichterfürsten" erklärt, während er sich abnutzte und ein ausschweifendes Leben führte, bis er 1896 an einem Lungenstau starb.

DIE SATURNISCHEN GEDICHTE

VERLAINES ERSTE POETISCHE SAMMLUNG

- **Genre:** Poesie

- **Referenzausgabe:** VERLAINE P., *Poèmes Saturniens*, Gallimard, Coll. « Folio », 2010, 96 S.

- **Thematisch:** Zeit, Liebe, Melancholie, Musik, Poesie

Paul Verlaine veröffentlichte die *Poèmes saturniens* im Alter von 22 Jahren, obwohl er bereits im Alter von 16 Jahren, also noch während seiner Schulzeit, damit begonnen haben soll, sie zu schreiben. Er hatte zunächst überlegt, die Sammlung *Poèmes et Sonnets (Gedichte und Sonette)* zu nennen, entschied sich dann aber für den heute bekannten Namen, der sich auf den römischen Gott und den schwarzen, melancholischen Planeten bezieht. Die *Poèmes saturniens* wurden im Selbstverlag herausgegeben und 1866 bei Alphonse Lemerre veröffentlicht. Sie sind Paul Verlaines erste poetische Sammlung in Versform. Das Werk wurde jedoch nur begrenzt rezipiert und galt zu seiner Zeit nicht als bedeutendes literarisches Ereignis.

In dieser Zeit verkehrte Verlaine in den literarischen Zirkeln von Paris und arbeitete am ersten Parnasse contemporain (1866) mit, einer kollektiven Sammlung von Gedichten, die das Manifest und die Illustration der Parnasse-Bewegung darstellte. Diese Bewegung stand im Gegensatz zu den romantischen Ergüssen und förderte eine moderne Dichtkunst, die sich auf formale Perfektion und unpersönlichen Lyrismus stützte. Seine Meister Leconte de Lisle, Baudelaire und Théodore de Banville hatten einen großen Einfluss auf Verlaines Dichtung.

Über die Entstehung dieser Sammlung ist nur wenig bekannt, aber die *Poèmes Saturniens* basieren, wie zuvor schon Les *Fleurs du mal* (1857), auf einer expliziten Architektur. Sie beginnen mit einem einleitenden Gedicht, das den Titel erklärt, und einem Prolog. Danach folgen 25 Gedichte, die in vier Abschnitte unterteilt sind: „Melancholia", « Eaux fortes », « Paysages tristes » und « Caprices ». Hinzu kommen ein Dutzend freie Gedichte und ein Epilog, der die Sammlung abschließt. Wie die großen antiken Dichter stellt Verlaine seine Sammlung unter den Schutz eines Gottes und widmet ihm das erste Gedicht. Es handelt sich hierbei um Saturn, einen Gott, der auf die Unausweichlichkeit der vergehenden Zeit hinweist.

ZUSAMMENFASSUNG

DAS EINLEITENDE GEDICHT

Das Werk beginnt mit einem einleitenden Gedicht, in dem Verlaine die Besonderheit seines poetischen Projekts beansprucht und den Titel seiner Sammlung erläutert. Er stellt die „Weisen von einst", also die traditionellen Dichter, den „unter dem Zeichen des Saturn Geborenen" (V. 8) gegenüber, die er später die « poètes maudits » (verfluchte Dichter) nennen wird. Diese Dichter sind von Melancholie geplagt, einer Melancholie, die sowohl als Leid als auch als Quelle der Inspiration erscheint.

DER PROLOG

Auf dieses einleitende Gedicht folgt ein Prolog, in dem Verlaine ein Motiv aufgreift, das bereits bei den Romantikern zu finden war: das des Dichters, der unter den Menschen koexistiert, aber am Rand platziert ist. Er erklärt, welchen Platz er in der Gesellschaft als seinen eigenen ansieht.

MELANCHOLIA

Dieser Teil ist dem Geiger und Dichter Ernest Boutier gewidmet und wurde sicherlich durch den Stich *Melancholia* von Albrecht Dürer (deutscher Zeichner,

Maler und Grafiker, 1471-1528) inspiriert. Er besteht aus acht Sonetten, die in Alexandrinern geschrieben sind: «Resignation», „Nevermore", «Après trois ans», „Vœu", «Lassitude», «Mon rêve familier», «À une femme» und «l'Angoisse».

Hier finden sich Erinnerungen an verlorene oder idealisierte Liebe, in denen Bedauern und Angst einen zentralen Platz einnehmen. Dieser Abschnitt wurde wahrscheinlich zu der Zeit geschrieben, als Verlaine sich in seine Adoptivschwester verliebte, die seine Liebe jedoch ablehnte.

- „Resignation" erinnert an die Ablehnung des Jugendwahns.

- „Nevermore" verweist auf eine idealisierte Vergangenheit und die Sehnsucht, die sie trotz der Keuschheit der beschriebenen Liebe auslöst.

- In „Nach drei Jahren" erzählt Verlaine von seiner Rückkehr an den Ort seiner Liebesbegegnungen und benutzt die Natur, um seine Gefühle darzustellen: „Die Rosen wie vor, wie vor" (V. 9).

- In „Vœu" vermisst er seine ersten Liebschaften, die sowohl imaginär als auch idealisiert waren. Im fünften Gedicht «Lassitude» geht es sowohl um die Sehnsucht nach einer ruhigen Liebe als auch um die Abnutzung dieser Sehnsucht.

- „Mein vertrauter Traum" ist sicherlich eines der berühmtesten Gedichte der Sammlung. Man erfährt darin von Verlaines Traum von einer idealen Frau und den vielen Empfindungen, die er bei ihrem Kontakt verspürt.

- In „An eine Frau" schreibt er an diese ideale Frau, um ihr in übertriebener Weise von seinem Leid zu berichten und um ihr Mitgefühl zu bitten. Dieser Teil endet mit «L'Angoisse», einem Gedicht, in dem Verlaine sowohl die Natur als auch die Kunst und die Religion ablehnt, also Themen, die normalerweise die Inspiration von Dichtern ausmachen.

Während «Résignation» ein umgekehrtes Sonett ist, das aus zwei Terzetten gefolgt von zwei Vierzeilern besteht, und «Lassitude» ein unregelmäßiges Sonett, bei dem die Reime geküsst und dann in den Terzetten gekreuzt werden (CCDEED), sind die anderen Gedichte französische Sonette nach einem klassischen Schema, in denen es viele reiche Reime gibt.

RADIERUNGEN

Jahrhundert François Coppée (1842-1908) gewidmet. Der Titel des Abschnitts «Eaux-fortes» (Radierungen) bezieht sich sicherlich auf das Radierverfahren, bei dem eine mit Säure geätzte Platte verwendet wird. Der Bereich umfasst fünf Gedichte: „Pariser Skizze", „Albtraum", „Marine", „Nachteffekt" und „Grotesken".

In diesem Teil beschreibt Verlaine eine Stadt zwischen Trostlosigkeit und Moderne, die er mit geträumten Landschaften überlagert.

- « Croquis parisien » bietet eine düstere Beschreibung von Paris.

- „Albtraum" führt uns in eine fantastische Welt, in der ein Reiter in einer gewaltsamen Bewegung mitgerissen wird.

- In „Marine" leiht sich der Dichter ein Thema von den Romantikern, indem er einen Ozean im Sturm beschreibt, um seinen existenziellen Schwindel zu transportieren.

- „Nachteffekt" präsentiert uns dann eine unheimliche Nachtszene, der Verlaine einen malerischen Aspekt verleiht.

- „Grotesken" karikiert Randfiguren: Er beschreibt Landstreicher und die Ablehnung, die sie erfahren.

Die hier vorgestellten Gedichte sind sehr unterschiedlich. Metrisch gesehen reichen sie vom Viersilber bis zum Alexandriner. Was die Form betrifft, so bestehen sie aus einer bis zehn Strophen, die wiederum aus Vierzeilern, Quintilen und im Fall von „Nachteffekt" sogar aus vierzehn Versen bestehen. Auch die Reime können sowohl gekreuzt (in « Croquis parisien » und « Grotesques »), gefolgt (in « Cauchemar » und « Effet de nuit ») als auch geküsst (« Marine ») sein, und es gibt sowohl gerade als auch ungerade Verse.

Die Form der Strophen

Ein Quatrain: ist eine Strophe mit vier Versen.

Ein Quintil: ist eine Strophe mit fünf Versen.

Ein Sizain: ist eine Strophe mit sechs Versen.

Die Reime

Umarmte Reime: sind Reime, die von anderen Reimen eingerahmt werden. Sie nehmen die Form ABBA an.

Verfolgte (oder flache) Reime: sind Reime, die dem Schema AABB folgen.

Kreuzreime (oder alternierende Reime): Sie werden in einer paarweisen Abwechslung konstruiert. Sie folgen dem Schema ABAB.

Weibliche Reime: Von einem weiblichen Reim spricht man, wenn das letzte Phonem ein „e caduc" enthält (z. B. «Ô bruit doux de la pluie», Verlaine).

Maskuline Reime: Von einem maskulinen Reim spricht man, wenn am Ende von zwei oder mehr Versen, die mit einer vollen Silbe enden, identische Laute zu finden sind.

Reichhaltige Reime: sind Reime, die drei Homophonien zwischen Tonvokalen und Konsonanten besitzen.

Arme Reime: zeichnen sich dadurch aus, dass sich nur ein Phonem reimt, nämlich der letzte Tonvokal der Wörter.

TRAURIGE LANDSCHAFTEN

Der Begriff „Traurige Landschaften" bezieht sich auf einen malerischen Stil, der vor allem in den Werken von Jean-Baptiste Corot (französischer Maler und Grafiker) zu finden ist. Dieser Abschnitt ist Catulle Mendes gewidmet, dem Gründer des zeitgenössischen Parnassus. Er besteht aus sieben Gedichten: «Soleils couchants», «Crépuscule du soir mystique», «Promenade senti-mentale», «Nuit du Walpurgis classique», «Chanson d'automne», «L'heure du berger» (Die Stunde des Hirten) und «Le rossignol» (Die Nachtigall).

Verlaine entwickelt hier seine eigene Lyrik, indem er herbstliche Landschaften beschreibt, die an die Traurigkeit einer dunklen und heimgesuchten Seele erinnern. In den ersten beiden Gedichten beschreibt der Dichter den Anblick von untergehenden Sonnen, die zum Träumen, zur Melancholie und zur Angst einladen. Anschließend wird in «Promenade sentimentale» ein Trauerspaziergang durch eine Wasserlandschaft beschrieben, bei dem Verlaine die Abwesenheit des geliebten Menschen bedauert. Die „klassische Walpurgisnacht" kündigt die galanten

Feste an; „Herbstlied" ermöglicht es dem Dichter, seine Liebesimpulse zu beschwören und seine Gefühle durch die Beschreibung der Landschaft zu teilen. «L'heure du berger» (Die Stunde des Hirten) beschwört erneut das Kommen der Nacht herauf, während «le Rossignol» (Die Nachtigall), das Symbol des Liebesgesangs, es dem Dichter ermöglicht, eine dem Untergang geweihte Liebe und den daraus resultierenden Schmerz zu beschwören. Es gibt also eine Einheit von Ton und Szenerie.

Dennoch bleibt dieser Abschnitt metrisch und in Bezug auf die Reime abwechslungsreich. Vier Gedichte («Soleils couchants», «Crépuscule du soir mystique», «Promenade sentimentale», «Le Rossignol») bestehen aus einer einzigen Strophe, einem „Block" mit dreizehn bis zwanzig Versen, während «Nuit du Walpurgis classique» eine Architektur aus elf Vierzeilern, «Chanson d'automne» aus vier Sechszeilern und «L'heure du berge» aus drei Vierzeilern aufweist.

LAUNEN

Die „Capricen" beziehen sich auf die Stiche des 18. Jahrhunderts, insbesondere auf die des Malers Francisco Goya (spanischer Maler und Grafiker). Dieser Abschnitt ist dem Dichter Henry Winter gewidmet, der an der ersten Sammlung des zeitgenössischen Parnassus mitgewirkt hatte. Er besteht aus fünf Gedichten: «Femme et chatte» (Frau und Katze), «Jésuitisme» (Jesuitismus), «La chanson des ingénues» (Das Lied der Ingenieure), «Une grande dame» (Eine große Dame) und «Monsieur Prudhomme» (Herr Prudhomme).

Die Liebesbeziehung und die Frauen stehen hier im Vordergrund. Es gibt eine „Katze" («Femme et chatte»), eine „ingénue" («La chanson des ingénues»), eine „Dame", „Königin" und „Kurtisane" («Une grande dame», V. 8), eine „maitresse" («Sérénade», V. 3) etc. In «Femme et chatte», «Jésuitisme» und «La chanson des ingénues» wird das Baudelairesche Thema der Doppelzüngigkeit der Frau aufgegriffen; Verlaine prangert die Perversion und Grausamkeit der Frau und den Kummer, den sie verursacht, an. In «Une grande dame» beschreibt er eine kalte und unnahbare Frau, die er sowohl bewundert als auch verachtet. Wir verstehen also die ganze Ambiguität von Verlaines Beziehungen zu Frauen, die komplex und vielfältig sind. Der Abschnitt endet mit «Monsieur Prudhomme», einem satirischen Gedicht, in dem Verlaine einen zutiefst materialistischen Bourgeois darstellt, den er den Dichtern gegenüberstellt, die sich zwar um Kunst und Literatur kümmern, aber dazu verurteilt sind, am Rande der Gesellschaft zu leben.

Diese Gedichte finden ihre Einheit in ihrem satirischen Aspekt, obwohl die vorgeschlagenen poetischen Formen voneinander abweichen. «Femme et chatte» ist ein unregelmäßiges achtsilbiges Sonett; «Jésuitisme» ein Gedicht in sechzehn Versen; «La chanson des ingénues» ein Gedicht in acht Vierzeilern; «Une grande dame» und «Monsieur Prudhomme» regelmäßige Sonette.

ANDERE GEDICHTE

Die folgenden zwölf Gedichte, die überwiegend in Alexandrinern verfasst sind, greifen die großen Themen der Sammlung auf: Melancholie, Zeit und verletzte Liebe. Es handelt sich um „Initium", „Cavitri", „Sub Urbe", «Sérénade», „Un dahlia", „Nevermore", „Il Bacio", «Dans les bois», «Nocturne parisien», „Marco", „César Borgia", «La mort de Philippe II» (Der Tod Philipps II.).

EPILOG

In einem letzten Abschnitt werden drei Gedichte vorgestellt; dies ist der Epilog. Hier geht es um die Dichtkunst, um Inspiration, Emotion und Arbeit. Verlaine geht auf formale Fragen sowie auf die parnassische Ästhetik ein.

BELEUCHTUNGEN

Mitte des 19. Jahrhunderts, als Verlaine zu schreiben begann, teilten sich zwei Bewegungen den Raum des poetischen Ausdrucks: der Parnass und die Romantik. Wie Baudelaire vor ihm bietet Verlaine seine eigene Synthese aus diesen Einflüssen.

ÜBER DEN EINFLUSS DER PARNASSIANER

Als Verlaine die *Poèmes saturniens* schrieb, verkehrte er mit den Autoren der Parnassiens, prolligen Dichtern, die sich den romantischen Ergüssen widersetzten und eine moderne Dichtkunst vorschlugen. Sie schätzen die «l'art pour l'art» (Théophile Gautier), die nur die Schönheit zum Ziel hat. So lehnte er jeglichen subjektiven und sentimentalen Lyrismus der Romantik und jegliches soziales oder politisches Engagement ab.

Leconte de Lisle gilt als Anführer der parnassischen Bewegung und war der Lehrer der jungen Dichter dieser Schule. Er verfasste die *Poèmes antiques* (1852), die *Poèmes barbares* (1862) und die *Poèmes tragiques* (1884), die ihm 1887 die Aufnahme in die Académie française ermöglichten. In dieser Zeit stellte er die folgenden poetischen Prinzipien auf:

- Gedichte sollten unpersönlich bleiben und Zurückhaltung üben

- Die Poesie sollte die Arbeit an der Form bevorzugen

- Die Dichtung sollte nach Schönheit streben, für die die Antike den absoluten Kanon liefert

So will er das persönliche Thema verlassen und zu den reinen Quellen der Antike zurückkehren, einer Zeit, in der der Dichter ein Arbeiter war, der die Worte schmiedete. Als pessimistischer Dichter sieht er in der Poesie eine Zuflucht vor der Entzauberung der Welt.

Gleichzeitig ist es auch der Einfluss von Theodore de Bandeville, der bemerkenswert ist. Der französische Dichter, Dramatiker und Literaturkritiker ist berühmt für seine *Odes funambulesques* und *Les Exilés* (1867). Als Freund von Victor Hugo und Théophile Gautier war auch er einer der Vorläufer des Parnassus und bekannte sich zu einer ausschließlichen Liebe zur Schönheit und zur universellen Klarheit des poetischen Aktes. Er war sowohl ein Feind der neuen realistischen Poesie als auch der romantischen Auswüchse.

In seinen *Bekenntnissen* gibt Verlaine an, dass er die *Poèmes saturniens* im Alter von sechzehn Jahren schrieb, als er noch das Gymnasium besuchte, zu einer Zeit, in der er unter dem Einfluss von Leconte de Lisle und seinen Schülern stand. Bei Verlaine findet man also eine ausgefeilte Poesie, die versucht, Perfektion und Strenge in der Form und im Ausdruck von Gedanken und Gefühlen zu erreichen. Er vermeidet es, sich auszulassen, ziseliert seinen Vers und folgt damit den Geboten des Parnass. Er macht diese Gebote auch zu einer Inspirationsquelle für sein Schreiben. Das Gedicht « Résignation » zum Beispiel ist von Banvilles charakteristischer Vorliebe für den

Orient inspiriert, aber auch von den seltenen Reimen, die der Bewegung eigen sind.

... AUF DIE DER ROMANTIKER

Die Romantik wurde Ende des 18. Jahrhunderts in Deutschland geboren und trat Anfang des 19. Jahrhunderts in Frankreich auf. Sie war die zweite kulturelle Bewegung, die zu der Zeit, als Verlaine seine Gedichte veröffentlichte, auf der Bühne stand. Sie ist eine kulturelle und literarische Bewegung, die alle Künste berührte und sich gegen die klassische Tradition und den Rationalismus der Aufklärung wandte. Sie privilegierte den persönlichen Ausdruck und bot dem Künstler die Möglichkeit, alle Möglichkeiten der Kunst zu erforschen, um seine Gefühle auszudrücken.

Die großen Themen der Romantik sind Melancholie und Leid, die Natur, der Traum, die Geschichte und das politische Engagement. Diese großen romantischen Themen finden sich auch bei Verlaine wieder. Zunächst einmal ist die Melancholie tatsächlich in der Sammlung präsent, wie der Titel des ersten Abschnitts „Melancholia" andeutet. Darüber hinaus findet sich auch das Thema der Liebe wieder. Das Sonett „Mein vertrauter Traum", das in Alexandrinern geschrieben ist und aus zwei Vierzeilern und zwei Terzetten mit umarmenden Reimen besteht, handelt beispielsweise von der unmöglichen Liebe zu einer Frau und sucht dabei nach einer Form von Musikalität. Der Dichter schwankt hier zwischen dem Glück, das er durch diese Liebe empfindet, und dem Leid, das sie verursacht, da sie nicht zum Erfolg führen kann. Das Gedicht hat daher einen romantischen Charakter.

Darüber hinaus ist zu beachten, dass Verlaine sich ausdrücklich von den großen romantischen Autoren wie François-René de Chateaubriand, Gérard de Nerval und Alfred Musset inspirieren lässt. In «Mon rêve familier» zum Beispiel ließ er sich von der Figur der Sylphide inspirieren, die Chateaubriand in seinen *Mémoires d'outre-tombe* und in *René* auftreten lässt. In «Monsieur Prudhomme» ist die Intertextualität erneut sichtbar, insbesondere durch das Bild der „Charmille", ein Bild, das sowohl in Mussets Sprichwörtern als auch in Nervals Schriften verwendet wird, wenn er über die Liebe spricht.

Es sind jedoch die Texte von Victor Hugo, die eine wichtige Inspirationsquelle darstellen. In der „Ballade von den ingénues" findet sich zum Beispiel ein Verweis auf die Figur des Caussade, die er in seinem Theaterstück *Marion Delorme* inszeniert. Als berühmter Libertin ist er hinter naiven Frauen her und sehnt sich nach ihnen. Neben diesen Bezügen sind Victor Hugos Werke auch die Grundlage für ganze Gedichte, wie etwa «La mort de Philippe II», das von der Gedichtsammlung *La légende des siècles* (1859) inspiriert wurde. Verlaine erscheint hier als engagierter Dichter, auch wenn er nur bei seltenen Gelegenheiten so wahrgenommen wird. Hier stellt er sich Philipp II., den Sohn Karls V., auf dem Sterbebett vor und bereut, dass er die Inquisition gefördert hat, um sich die Unterstützung des Papstes zu sichern und seine Herrschaft zu festigen.

DER EINFLUSS VON CHARLES BAUDELAIRE

Baudelaire ist aufgrund seines Temperaments und seiner Bewunderung für Victor Hugo, dem er die „Pariser Bilder" widmet, Romantiker. Er ist Parnassianer aufgrund der Prinzipien, denen er sich verschrieben hat: Arbeit, Meisterschaft, Strenge. Er ist sich sowohl der Schwächen der Romantik als auch der Grenzen der parnassischen ästhetischen Kompromisslosigkeit bewusst. Indem er einen dritten Weg vorschlägt, erfindet er eine poetische Moderne, die vor den Exzessen der beiden Bewegungen geschützt ist. *Die Blumen des Bösen* (1857) sind ein Beispiel für diese Modernität; sie stellen eine Synthese zwischen den beiden Bewegungen dar und erforschen gleichzeitig neue Möglichkeiten der Kreation und des Ausdrucks.

Baudelaire glaubte an die Vorstellungskraft als vernunftbegabte Fähigkeit zur Schöpfung; er argumentierte, dass die Vorstellungskraft bearbeitet und konstruiert werden müsse, was ihn zu einem Vorläufer des Symbolismus machte. Formal blieb er klassisch, wobei die Verwendung des Sonetts und des Alexandriners in diesem Werk, das einen Skandal auslöste, nach wie vor die Mehrheit darstellte. Er entschied sich für eine Dichtung, in der der Dichter dem Spleen zum Opfer fällt, einem Zustand körperlicher, moralischer und intellektueller Depression. Es ist dieser Spleen, der es ihm ermöglicht, neue Räume zu erkunden und das Schreiben zu hinterfragen.

Die Blumen des Bösen übten einen großen Einfluss auf die Dichter der zweiten Hälfte des 19. Jahrhunderts, einschließlich Verlaine, aus. In den *Poèmes saturniens* machte er sich Baudelaires satirischen Stil sowie dessen Vorliebe für Provokation zu eigen und nahm einen Stil an, der seinem eigenen ähnelte. Dieser Einfluss ist markant in Gedichten wie «Femme et chatte» (Frau und Katze), wo der ausrufende Apostroph «scélérate!» (V. 5) an die Provokation Baudelaires erinnert. Ebenso verwendet Verlaine in «Monsieur Prudhomme» das komische Register, während er eine materialistische Bourgeoisie satirisch darstellt: „Er ist Bürgermeister und Familienvater" (V. 1).

Darüber hinaus schimmert in «Nocturne parisien» die für Baudelaire typische Stadtthematik durch. Verlaine greift außerdem das Thema des Spleens auf, insbesondere im Gedicht «L'Angoisse», in dem die Verneinung sehr präsent ist. Er bietet jedoch eine sehr persönliche, intime und von Einsamkeit geprägte Schreibweise an. Die Erinnerungen, die er hervorruft, sind vage, was ihnen eine universelle Dimension verleiht.

SCHLÜSSEL ZUM LESEN

DIE POETISCHE FORM: UMKEHRUNG DES KLASSISCHEN SONETTS UND UNGERADE VERSE

In Verlaines Werk finden sich zahlreiche Sonette. Von den neununddreißig «Poèmes saturniens» sind elf Sonette. Acht davon befinden sich im Abschnitt „Melancholia" und drei im Abschnitt „Caprice". Diese Sonette werden von einer Folge von Gedichten oder Abschnitten ohne Sonette eingerahmt. Es gibt also einen strophischen Wechsel.

Ein Sonett ist eine Gedichtform, die im 16. Jahrhundert von den Dichtern der Pléiade populär gemacht wurde. Jahrhundert durch Théophile Gautier, die Parnassiens und Charles Baudelaire wieder in Mode gebracht. Er wurde zunächst in Dekasyllabien und später in Alexandrinern geschrieben und hat einen festen strophischen Aufbau: Er besteht aus vierzehn Versen, zwei Vierzeilern, gefolgt von zwei Terzetten. Der Sinn muss nach jedem Vierzeiler und jedem Terzett vollständig sein. Ebenso entspricht das Reimsystem bestimmten Zwängen. Bis zum 16. Jahrhundert war es üblich, dass die Reime in den Vierzeilern umarmend und in beiden Strophen identisch waren (ABBA/ABBA). Für Terzette schlägt das italienische Sonett das folgende Schema vor: CCD EED.

In seiner *Kleinen Abhandlung über das Sonett* beschreibt Théodore de Banville die Form des französischen Sonetts. Er legt fest, dass sich die ersten und vierten Verse der Vierzeiler zusammen reimen müssen, ebenso wie die zweiten und dritten Verse der Vierzeiler. Er sagt auch, dass sich der erste und der zweite Vers des ersten Terzetts reimen, wenn sich der dritte Vers des ersten Terzetts auf den zweiten Vers des zweiten Terzetts reimt. Wir haben also das Schema ABBA ABBA CCD EDE. Neben den Fragen der Strophen und Reime muss das Sonett auch bestimmte Konstruktionsmodalitäten einhalten.

Das Sonett ist in zwei Blöcke unterteilt, die einen Vergleich, eine Opposition, eine Progression oder zwei verschiedene, miteinander verbundene Themen enthalten können. Sie münden in eine Pointe, wobei der allerletzte Vers als kurze, brillant formulierte Schlussfolgerung erscheinen sollte. Laut Boileau muss das Sonett auch die geringste Abweichung vom Thema, schwache Verse, überflüssige Ausdrücke und Wiederholungen ablehnen. Die Verse sollten präzise und treffend sein, wobei sich reiche Reime mit männlichen und weiblichen Reimen abwechseln sollten.

Im Gegensatz zu diesen Sonetten von vollendeter Schönheit setzt Verlaine den Wunsch nach poetischer Modernität dagegen und legt unregelmäßige Sonette vor. Ein Teil der Sonette bei Verlaine folgt nicht den Mustern der Strophenverteilung, des Versmaßes und der Reime und markiert damit eine allmähliche Abkehr von den vorgegebenen Regeln.

- Es gibt auch umgekehrte Sonette wie das Gedicht „Resignation", in dem die Terzette und Quartette umgekehrt werden. Diese Umkehrung ermöglicht es ihm, die Kindheit und die Träumerei durch die Beschwörung eines geträumten und phantasierten Orients der gegenwärtigen Zeit gegenüberzustellen, in der der Dichter mehr Mäßigung zeigen muss.

- Anstatt gerade Verse wie Zehn- oder Alexandriner zu verwenden, benutzt Verlaine auch ungerade Verse. Dies ist insbesondere in „Cauchemar" der Fall, wo er Heptasyllabien verwendet, sowie in „Marine" und «Soleils couchants», wo es sich um Pentasyllabien handelt. Dies ist ein klarer Bruch mit der klassischen Prosodie und der Herrschaft des Alexandriners. Der ungerade Vers ist weniger regelmäßig, er durchbricht den Automatismus des Lesens und ermöglicht dem Leser somit einen persönlicheren Rhythmus.

- Verlaine befreit sich von der Regel, dass sich männliche und weibliche Reime abwechseln müssen. Er praktiziert die Assonanz als diskrete Musikalität und fügt Binnenreime hinzu, wodurch er dem Klang eine zentrale Stellung einräumt.

- Obwohl Verlaine einen Sinn für formale Perfektion hat und eine lineare und symbolische Gedichtform vorschlägt, ist diese dennoch nahe an der Prosa mit Texten, die dazu gemacht sind, in der Öffentlichkeit ausdrucksvoll vorgetragen zu werden. Der Vers nimmt manchmal Wendungen der mündlichen Sprache auf und enthüllt so einen inneren Gesang. Dies ist insbesondere im

Gedicht «Soleils couchants» (Untergehende Sonnen) der Fall.

DIE GROSSEN THEMEN DER SAMMLUNG

Die drei großen Themen der Sammlung sind Melancholie, Zeit und Liebe, eine Liebe, die sowohl idealisiert als auch verloren ist.

Melancholie bei Verlaine

Die Melancholie ist das zentrale Thema. Sie zieht sich durch die gesamte Sammlung. Bei Verlaine ist sie weit mehr als nur ein Gefühl. Im Abschnitt „Melancholia" scheint Verlaine das Thema des Spleens von Baudelaire aufzugreifen, insbesondere im Gedicht «L'Angoisse», in dem die Verneinung sehr präsent ist, als ob der Dichter in das Nichts gezogen würde. Allerdings bietet er eine sehr persönliche und intime Schreibweise des Spleens an. Die Erinnerungen, die er hervorruft, sind vage, was ihnen eine universelle Dimension verleiht. Melancholie ist mehr als nur ein Gefühl, sie ist auch ein Raum und eine Zeitlichkeit.

Sie ist in Landschaften verankert, die dieses Gefühl betonen, insbesondere in den Gedichten «Soleils couchants» (Untergehende Sonnen) oder «Promenade sentimentale» (Sentimentaler Spaziergang). In dem Gedicht «Chanson d'automne» und in «Crépuscule du soir mystique» verweist sie auf die Jahreszeit Herbst. Verlaine zeigt sich äußerst sensibel gegenüber einer Natur, die seine persönlichen Gefühle widerspiegelt. So schreibt er eine lyrische Dichtung, in der die Musikalität einen wichtigen Platz einnimmt. Die Musik, die im gesamten Werk präsent ist, begleitet die Melancholie, rhythmisiert die Langsamkeit und das Schmachten. Sie stützt sich insbesondere auf die Violine, das Instrument des Kummers schlechthin. So wie in «Chanson d'automne» (Herbstlied):

> *„Geigen*
>
> *Aus dem Herbst*
>
> *Verletzen mein Herz*
>
> *Von einer Sehnsucht*
>
> *Eintönig." (v.2-6)*

Ähnlich in „Initium": „Die Geigen mischten ihr Lachen mit dem Gesang der Flöten" (V. 1).

Saturn und die Figur der Zeit

Auch das Thema Zeit ist präsent, insbesondere durch die Figur des Saturn. Saturn ist einer der ältesten Götter in Latium und Mittelitalien. Als landwirtschaftliche Gottheit par excellence war er dafür verantwortlich, die der Erde anvertrauten Samen zu schützen. Der Dezember, in dem die Arbeit des Keimens als Vorstufe zur Ernte begann, war Saturn geweiht. Die Legende, die sich um ihn bildete, vermischte lateinische und griechische Traditionen und setzte ihn mit der Gestalt des Kronos, dem Gott der Hellenen und der Urgottheit der Zeit, gleich. Saturn wurde vorausgesagt, dass er von seinen Söhnen entthront werden würde. Um seinem Schicksal zu entgehen, beschloss er, sie zu verschlingen.

Seine Frau Rhea, die über seine Grausamkeit entsetzt ist, versteckt den jüngsten Spross, Jupiter, der ihn aus dem Olymp vertreibt. Saturn verlässt daraufhin Griechenland und reist nach Italien, wo er sich am rechten Ufer des Tibers niederlässt, wo später Rom errichtet wird. Er wird von Janus, dem König des Landes, empfangen, dem er die Landwirtschaft beibringt. Im Gegenzug schenkt ihm Janus den Hügel am rechten Tiberufer: das Kapitol. Oft mit einer Sichel oder einer Sense dargestellt, verschwindet Saturn plötzlich. Zu seinen Ehren errichtet Janus einen Altar und lässt das Fest der Saturnalien feiern.

Dieser Gott, der der Zeit vor der Wintersonnenwende vorsteht, ist der Namensgeber des Planeten im Sonnensystem, der für seine gelbe Farbe und seine stellitischen Ringe bekannt ist. Seit der Antike ist er für seinen schädlichen Einfluss auf das Leben der Menschen berühmt. Sie prädestiniert die in ihrem Zeichen Geborenen für das Unglück, indem sie sie unter das Zeichen der Zeit und des Schicksals stellt, auf das der Mythos von Saturn verweist. So greift Verlaine eine alte Tradition auf und ermöglicht es ihm, Melancholie und künstlerisches Schaffen miteinander zu verbinden.

In der Sammlung finden sich Themen, die an diesen Mythos erinnern, wie der Verrat der Frau, die Unmöglichkeit, ihrem Schicksal zu entgehen, die Bedeutung der Natur und dessen, was sie den Menschen bietet. Auch die Frage der Zeit ist sehr präsent. Bereits im „Prolog" wird eine dreiteilige Struktur vorgeschlagen: «Dans ces temps fabuleux» (V. 1), «Plus tard» (V. 37) und «Aujourd'hui» (V. 51), als ob Verlaine eine Zeitreise unternimmt. Das Gedicht „Nevermore", das nach den vier Teilen steht, verweist ebenfalls auf die Unausweichlichkeit der vergehenden Zeit. Es enthält das lexikalische Feld des Alters: «vieux» (V. 1, V. 5), «vieillard» (V. 8), «rides» (V. 9), «jauni» (V. 10). Verlaine zeigt hier, wie die Zeit sowohl die Welt als auch den Körper prägt. Ihre Kraft ist so groß, dass man sie weder bremsen noch davon abhalten kann, langsam in die angekündigte Zerstörung zu führen.

Das dritte große Thema der Sammlung: die Liebe

Die Liebe bei Verlaine bezieht sich auf eine ideale Liebe, die jedoch unmöglich oder unglücklich ist. Sie ist oft idealisiert und körperlos, wie in «Mon rêve familier», wo es um eine «femme inconnue» (V. 2) geht, oder in «À une femme», wo Verlaine erneut von einer geträumten, imaginierten Frau spricht. Wenn sie nicht imaginiert wird, wird die Liebe in die ferne Vergangenheit verbannt, wie in „Vœu" oder „Nevermore". Andernfalls kann sie sich mit Einsamkeit und Abwesenheit verbinden, wie es in «Promenade sentimentale» der Fall ist, wo der Dichter einsam und traurig ist und seinem Kummer nachhängt.

Die in dieser Sammlung erwähnte Liebe ist die Liebe zu sinnlichen und gefährlichen, unzugänglichen und hinterhältigen Frauen, wie sie in „Frau und Katze" oder auch

„Das Lied der Ingenieure" vorkommen. Die Frau in Verlaines Augen trägt einen großen Teil der Verantwortung für das Scheitern der Liebe und den daraus resultierenden Verrat. Er macht die Liebe der Frau zu einem ununterbrochenen Übel. Er verallgemeinert das Gefühl und die Erfahrungen der Liebe, an denen sich alle berauschen. Er macht sich selbst ein schlechtes Gewissen, weil er sinnlose Liebschaften beklagt und ständig versucht, andere neu zu erfinden. Auf diese Weise nähert sich Verlaine einer baudelairischen Auffassung von der Liebe an. Er verklärt Liebesbeziehungen in einer ständigen Spannung zwischen Genuss und Traurigkeit, aber auch zwischen Realität und Imagination.

Diese Auffassung von Liebe ist natürlich in Verbindung mit der Biografie des Autors und seinen Liebespartnern zu sehen. Zu dieser Zeit war die Liebe seines Lebens seine Cousine Elisa, die seine Mutter adoptiert hatte. Da sie seine Liebe ablehnte, heiratete sie einen Zuckerbäcker, bevor sie bei der Geburt starb. Verlaine verliebte sich daraufhin in Mathilde Mauté, die zehn Jahre jünger war als er. Er zeugt ein Kind mit ihr, verliert das Interesse an ihr und erlebt zahlreiche Abenteuer, bis er schließlich in Leidenschaft Arthur Rimbaud begegnet.

VERLAINE: SYMBOLISTISCHER DICHTER

Indem er zur Erneuerung des poetischen Ausdrucks beitrug, legte Verlaine ein Werk vor, das die Wahrnehmung des Universums sublimierte. Wie Baudelaire, der mit *Les Fleurs du mal* den Weg für den Symbolismus ebnete, transkribierte Verlaine Visionen und innere Landschaften, die Ideen darstellten, mit denen sie durch Analogie verbunden waren. Er arbeitet mit der Kunst der Suggestion, indem er die Dinge heraufbeschwört, ohne sie zu benennen, einfach durch die Empfindungen, die sie in ihm ausgelöst haben.

Die großen Themen der *Poèmes saturniens* verweisen uns direkt auf die großen Prinzipien des Symbolismus. Mit einer heiligen Mission ausgestattet, scheint Verlaine die Entsprechungen zwischen der sinnlichen Welt und der spirituellen, unsichtbaren und idealen Welt aufzeigen zu wollen. Er beschwört seine Gemütszustände durch ideale Landschaften mit verborgenen Realitäten herauf. Er bemüht sich, die Flucht der Zeit und den Schwindel des Augenblicks zu beschreiben. Auf diese Weise lehnt er sowohl den Rationalismus als auch den Materialismus ab und versucht, mit den Geheimnissen der Welt wieder in Kontakt zu kommen. Er beschreibt seine Träume und räumt der Ambivalenz und der Nuancierung vollen Raum ein, begünstigt die Vergänglichkeit auf Kosten der Dauerhaftigkeit. Er verwendet eine symbolische und musikalische Sprache, die die Zerbrechlichkeit der Empfindungen wiedergibt. Er privatisiert die Liberalisierung der Verse.

Die Poèmes saturniens kündigten in gewisser Weise die Entstehung der symbolistischen Bewegung an, deren Codes er in seinen späteren Werken wie *L'Art poétique* (1874), der Sammlung *Jadis et Naguère* (1884) und *Les poètes maudits* (1888) verwenden sollte. Er zog es vor, den Mythos des verfluchten Dichters zu pflegen, der an körperlichem und sozialem Versagen litt und daran starb.

DENKANSTÖSSE

EINIGE FRAGEN, UM IHRE ÜBERLEGUNGEN ZU VERTIEFEN...

- Welche Stellung nimmt der Dichter nach Verlaine im Lichte des Prologs ein?

- Inwiefern kann man sagen, dass die *Poèmes saturniens* einen parnassischen Einfluss haben?

- Ist Saturnismus nur eine einfache Melancholie?

- Vergleichen Sie Baudelaires „Spleen" mit Verlaines „Melancholie".

- Welchen Eindruck erweckt die Vertauschung von Quartetten und Terzetten im Gedicht „Resignation"?

- Inwiefern bietet die Verwendung von ungeraden Versen eine gewisse Musikalität?

- Die Bedeutung von Klangspielen analysieren: Inwiefern tragen sie zur Bedeutung der Gedichte bei?

- Welche Verbindung zeichnet Verlaine zwischen der Literatur und den Künsten?

WEITERFÜHRENDE INFORMATIONEN

REFERENZAUSGABE

VERLAINE P., *Poèmes Saturniens*, Gallimard, Coll. «Folio», 2018.

REFERENZSTUDIEN

AGUETTANT L., *Verlaine, Les introuvables*, 1978, 240 S.

BERNARDET B. (Hrsg.), *Verlaine, première manière. Poèmes saturniens, Fêtes galantes, Romances sans paroles (1866-1874)*, PUF, coll. «Cned-PUF», 2007.

BORNECQUE J-H., *Les poèmes saturniens de Verlaine (Die saturnischen Gedichte von Verlaine)*, Nizet, 1967, 255 S.

DUBOIS C., *Étude sur Paul Verlaine: Poèmes saturniens*, Paris, Ellipses, 1998, 96 S.

GUYAUX A. (Hrsg.), *Les premiers recueils de Verlaine. Poèmes saturniens, Fêtes galantes, Romances sans paroles*, Paris, PUPS, 2008, 217 S.

MURPHY S., *Lectures de Verlaine: poèmes saturniens, fêtes galantes, romances sans paroles*, Presses universitaires de Rennes, 2007, 314 S.

WICHTIGSTE MUSIKALISCHE ADAPTIONEN

ABBIATE L., Chanson d'automne, *Pièces pour chant et piano n° 2*, Paris, 1899.

AMIET P., Nevermore, *Quatre mélodies pour chant et piano* (Nevermore, *Vier Melodien für Gesang und Klavier*), Paris, 1926.

ANDRÉ J., Chanson d'automne, *Mélodies et chansons n° 2*, Paris, 1928.

ARHAM M., Chanson d'automne, *Douze mélodies, 3e série n° 5*, Paris, 1914.

BELLIARD M., Chanson d'automne, *Quatre mélodies n° 2*, Paris, 1920.

BERNAERT A., Chanson d'automne, *op. 1 Nr. 1, 3 Mélodies Nr. 1*, Lüttich, 1920.

BONNAUD F-L, *Paysages tristes*, Paris, 1897.

BONNEAU P., Nevermore, *SEMI*, Paris, 1955

BORDES C., *Paysages tristes, Nr. 2*, Paris, 1902.

BRITTEN B., Chanson d'automne, *Quatre chansons françaises n° 4*, London, 1982.

CARPENTER J-A., *Four poems by Paul Verlaine, Nr. 2*, New York, 1912.

CHARPENTIER G., Chanson d'automne, *Poèmes chantés, Nr. 14*, Paris, 1894.

DELIUS F., Chanson d'automne, *Fünf Gesänge, Nr. 5*, Köln am Rhein, 1915.

De FAY R., Chanson d'automne, *Mélodie n° 2*, Paris, 1902.

FERRE L., Mein vertrauter Traum, Soleils couchants und Chanson d'automne, 1970.

FRAGGI H., Chanson d'automne, *Poèmes en musique, Nr. 2*, Marseille, 1920.

LIMA FRAGOSO A., *Cinq mélodies de Paul Verlaine, Nr. 3*, Paris 1917.

FRONTIN G-L., Chanson d'automne, *Sous les chênes verts*, Nr. 7, Paris, 1912.

HAHN R., Chanson d'automne, *Chansons grises*, Nr. 1, Paris, 1893.

DE HARTMANN, *Paysages tristes*, Nr. 5, Paris, 1941.

JOSTEN W., *Trois mélodies de Paul Verlaine*, Nr. 2, Paris, 1931.

KOVALEV P I., *Six chansons sur des poésies de Paul Verlaine*, Nr. 3, Moskau, 1925.

PANIZZA H., *Neuf poésies de Paul Verlaine*, Nr. 1, Mailand, 1899.

PASSANI E-B, *Trois poèmes de Verlaine*, n°1, Paris, 1952.

Deine Meinung ist uns wichtig!
Hinterlasse doch einen Kommentar auf der Seite
unserer Online-Buchhandlung
nd teile Deine Favoriten in den sozialen Netzwerken!

derQuerleser.de

Literatur auf den Punkt gebracht!

Die präsentierten Inhalte werden vom Herausgeber überprüft, dennoch übernimmt dieser keine Haftung für die inhaltliche Richtigkeit, Vollständigkeit und Aktualität der vorgestellten Inhalte.

www.derQuerleser.de

ISBN digitale Ausgabe: 9782808686808
ISBN gedruckte Ausgabe: 9782808698207
Pflichtexemplar: D/2023/12603/1100

Cover: © Plurilingua
Logo: © Graphicrepublic (Freepik.com) und Plurilingua

Digitale Aufbereitung: Primento, der digitale Partner der Herausgeber.